改變孩子未來的
思考閱讀系列 1

어린이 행복 수업-왜 맛있는 건 다 나쁠까?

小學生的健康生活教室

吳世硯 오세연——文 金眞華 김진화——圖
劉小妮——譯

第一章　吃肉真的健康嗎？

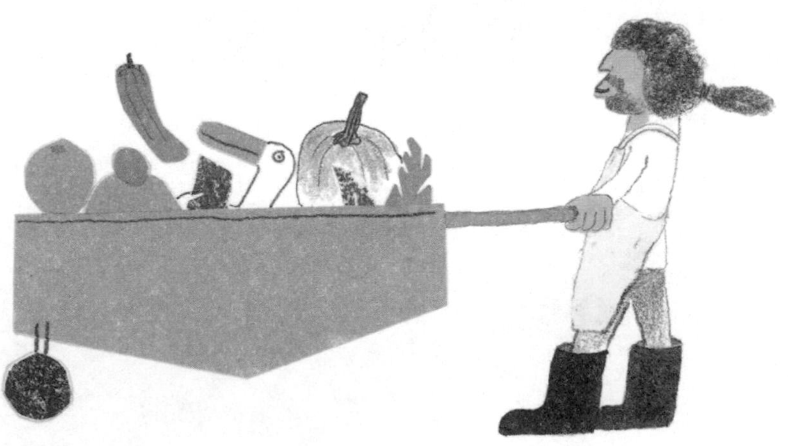

第二章 為什麼我們常常想吃糖？

第三章　速食有什麼問題嗎？

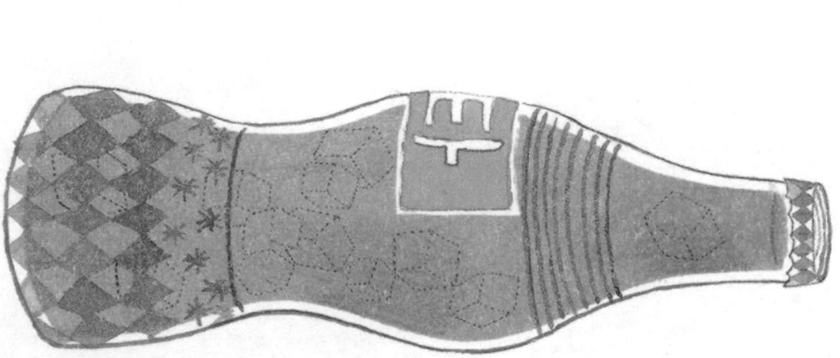

第四章 對身體有益的食物

第五章 良好的心理健康

第六章 大家都健康的世界

第一章 吃肉真的健康嗎？

小朋友，你喜歡吃什麼肉？

糖醋排骨、炸豬排、蔥爆牛肉、烤羊排、德國豬腳……

光是想到這些食物，口水就要流下來了呢！

聽說吃肉不僅可以變得很有力氣，也會幫助長高。

不過，如果吃太多肉，會讓身體容易感到疲累。

同時也會增加肥胖、糖尿病、高血壓等各種疾病。

吃肉真的健康嗎？讓我們一起想一想。

《喜歡吃肉的小恩》

「醫生好。」看到醫生時，小恩馬上很有禮貌的打招呼。

「小恩，你的身體哪裡不舒服嗎？」醫生親切的詢問。

「這孩子沒有什麼不舒服，只是最近常常感到疲倦。」小恩還來不及開口，小恩的媽媽就搶著跟醫生說明情況。

醫生檢查之後，發現小恩並沒有生病的症狀，也沒有異常，只是

小恩的臉色不太好看，皮膚有點浮腫，看起來整個人很疲倦。

「你最近有什麼壓力嗎？」醫生問。

「我也不太清楚，只是最近寫完作業之後，常常覺得有點累，感覺沒什麼精神。」小恩以前總是一副開朗活潑、很有朝氣的模樣，說話也非常有條理，思緒相當清晰，現在卻回答得模稜兩可。

「這孩子最近為了應付學校的考試，去了補習班，但因為精神不太好，常常感到很辛苦，要趕快恢復精神才能夠好好學習。」小恩的媽媽補充說明。

「小恩，你平時主要吃什麼？」醫生問。

「我不挑食，但最喜歡吃肉。」小恩說。

「一週吃幾次肉呢？」醫生問道。

小恩的媽媽馬上插話：「最近他吃的每一頓

飯，我都會準備肉，因為中學的入學考試快到了，要有良好的體力才能好好學習。」

醫生聽了，便說：「小恩的媽媽，完全以肉食為主的菜單，對學生並不好。因為肉在胃裡面停留的時間很短，反而會降低人的注意力。而且吃肉在消化的過程中，會排出毒素，當這些毒素在血液裡不斷累積時，容易讓身體感到疲累和沉重。」

「聽說外國的學生吃了很多肉，體力變得很好，還可以熬夜學習，是真的嗎？」小恩的媽媽露出了疑惑的表情。

「那不是因為吃了很多肉，而是他們從小持續運動而培養出來的體力。」醫生反問：「小恩一週運動幾次呢？」

「從補習班回來之後，時間已經很晚了……」

小恩的媽媽說不下去，有點不好意思。

醫生又說：「每天最好可以運動一個小時。比起多吃肉，更要多吃點蔬菜。畢竟，蔬菜對胃部的負擔比較小，也可以讓頭腦更清晰呢！」

小恩的媽媽聽了，點了點頭。

我們的祖先吃什麼？

老虎捕食鹿或是兔子等小型動物為食糧，長頸鹿則是吃草。如果老虎吃草，而長頸鹿吃肉的話，那又會變得怎麼樣呢？牠們的身體一定出毛病。因為長期的演化發展，老虎的身體構造已經被設定成要吃肉，長頸鹿則是被設定成要吃草。那麼，人要吃哪種

食物呢？

人類演化的初期，大約七十萬年間，常常在一天當中，都很難吃到一、兩頓的食物，處於食物不足的狀態。

我們的祖先很少吃肉，因為當時的肉，也就是動物太難捕獲了，原始人類主要是靠著吃森林裡的水果、蔬菜、植物根部來生存。所以身體也慢慢演化成要吃很多的水果、蔬菜，同時攝取少量肉的結構。

現在跟以前相比，不僅食物充足，也非常容易吃到肉。但七十萬年以上的演化，我們早就適應少吃肉的狀態，身體在短短五十年之內大量飲食，並且攝取過多的肉，當然會出問題。

而且，我們現在所吃的肉品，並不是原本生長在大自然裡面的動物，而是來自養殖場，像是製造商品般，大量由人工飼養的家畜。跟在野外生活，自然成長的動物相比，不只營養不足，同時還含有抗生素和農藥，反而對我們的健康有害。

接著我們來看看吃太多口感美味的肉，會對身體造成什麼影響？

吃了好多肉……

「我的乖孫子，你要多吃肉，身體才會強壯！」我的奶奶每次把肉放上餐桌時，都會露出心滿意足的表情看著我們。在奶奶小的時候，食物是很珍貴的，特別是像牛肉，或是其他逢年過節、生日等特別的日子，才能夠吃到的食物。

那時候認為吃肉的日子就是補充營養的日子，因為肉所富含的動物蛋白質、脂肪等營養素，會讓我們的身體變得強壯。因此，大家才會認為肉是對健康很好的食物。

如今，許多人幾乎每天都在吃肉。肉吃太多，被身體吸收之後，剩餘的蛋白質和脂肪，就會轉為沉澱物堆積在血管內。沉澱物累積越來越多之後，則會堵住血管，對心臟、肝、腎等器官帶來影響。這種情況持續下去，可能罹患高血壓、糖尿病等疾病。吃太多肉，反而成為引發疾病的原因。

不只如此，肉吃太多的話，也會讓骨頭變得脆弱。我們的身體必須酸鹼均衡，維持中性狀態，才能夠讓所有機能順暢運作。

如果吃了很多酸性食物，身體就會變成酸性。

這時候，身體為了回到中性狀態，就會把體內的鹼性成分送往血液，其中最具代表性的鹼性物質，就是骨頭內的鈣。

如果吃太多肉，反而會讓骨頭內的鈣質流失，骨頭就會出現密密麻麻的小洞，讓骨頭變得脆弱。因此，世界上吃很多肉和乳製品的國家，例如英國、芬蘭、美國等，骨質疏鬆症患者的比例也較高。

辛苦的消化器官

跟其他食物相比，肉需要更長的時間消化，也就是說，肉在胃、腸停留的時間更長。因此，大人們吃完肉之後會說：「肚子吃飽了，就不太容易餓了。」這也是大人們喜歡吃肉的原因。不過，胃、腸為了消化，就必須做更多事情，器官也會更加辛苦了。

飲食與癌症

很多人如果沒有香腸、火腿、肉的話，就會吃不下飯吧？這些Q彈，口感香甜，而且充滿嚼勁或軟爛，帶著鹹味的肉，確實會增加我們的食慾。可是吃太多的話，會發生什麼事情呢？最直接的影響就是增加罹患癌症的可能性。並不是說吃了肉，馬上就會得

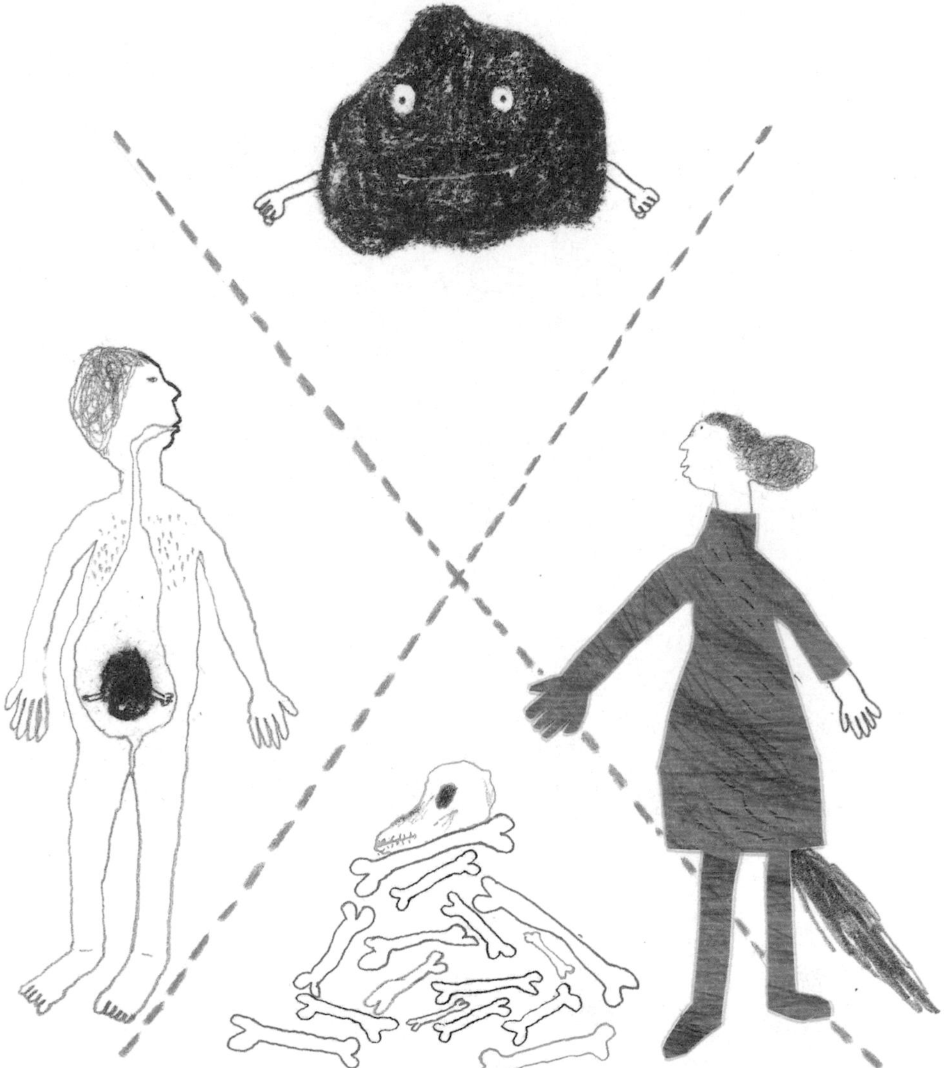

到癌症，而是經過二十年、三十年，身體長時間會被慢慢破壞。

大約在五十年前，人們得到癌症的機率比現在低許多，像是乳房癌、前列腺癌、大腸癌等，但是近年來，這些都成為大人容易罹患的癌症。根據許多學者們的研究，結果顯示這些疾病跟飲食習慣都有密切的關係。

哈佛大學追蹤調查了八萬八千人，結果顯示每天吃肉的人，比一個月吃一次肉的人，罹患大腸癌的機率高出兩倍。美國癌症學會的研究結果也顯示吃很多肉的人，比偶爾吃一次肉的人罹患大腸癌的機率高出百分之三十至四十。更加令人衝擊的是，常常吃火腿、熱狗、香腸等加工過的肉品，罹患大腸癌的機率會增加百分之五十以上。

大約在一九七〇年代之前，我們的三餐飲食，動物性食物約佔百分之三、植物性食物則是約佔百分之九十七。一九九五年之後，動物性食物和植物性食物的比例幾乎是一半一半。

到了現在，動物性食物又更多了，「飲食習慣的改變」是罹患癌症的重大原因之一。

吃肉還是吃農藥？

大家都知道農藥對身體有害，農藥進入體內不只是很難排出，持續累積還會誘發過敏或癌症。農藥會通過食物進入我們的體內，那麼，含有最

多農藥的食物是什麼呢？大部分的人會認為是蔬菜或水果，其實我們體內農藥的百分之七十到八十都是來自肉和乳製品。

種植穀物的人們，為了能夠輕鬆的種植出更多穀物，會大量施灑農藥。飼養家畜的人們，為了讓牠們長得更快、更大，比起餵食天然的草料，人們會餵食家畜更多的穀物，於是牛、豬或雞吃了含有農藥的穀物，而我們吃了含有農藥的肉。

不只如此，這些家畜生活在狹小髒亂的畜舍，很容易感染疾病。為了預防和治療各種疾病，會對家畜施打抗生素，而我們最後吃了含有抗生素的肉。

當我們吃的抗生素超過一定的量之後，體內就會產生能夠抵禦抗生素的強大細菌，最後引起的疾病，當然也就很難治療了。

改善家畜的飼養環境

提到「牧場」，大家會聯想綠意盎然的草地上，牛群悠閒的吃著草，在藍天白雲下散步。以前大部分的牧場就是這樣的飼養環境，但是現在大多數的家畜都是住在狹小的水泥畜舍內，剛出生的小牛們連一口母乳都還沒吃到，就被送往別的地方。

因為小牛們越缺乏運動，肉質就會越嫩。於是牠們被關在雙腳無法伸展的狹窄空間內，在髒兮兮的畜舍中無法移動，只負責長肉。豬的情況也是如此，關在固定的位置吃喝拉撒。母雞們被關在無法揮動翅膀的空間，二十四小時都使用人工照明設備，只為了生產雞蛋。為了不讓飽受壓力的雞群互相啄傷彼此，甚至還會事先剪掉牠們的嘴巴。

我們為什麼要如此殘酷的飼養家畜？那是因為人類需要吃肉。可是飼養家畜的空間不足，但肉的需求量卻很大，最後就變成在狹小的空間內，商人會盡可能把家畜養肥，然後賺取利潤。

如果我們能夠一週減少一、兩餐的肉食，少吃牛、豬、雞的話，這種慘無人道的飼養方式就可以獲得大大的改善。

SALE
1+1

第二章 為什麼我們常常想吃糖？

去超市的時候，我們會買巧克力、冰淇淋，當這些零食進到嘴巴之後，甜味慢慢在嘴裡擴散，實在是太美味了！這會讓我們想要繼續吃零食。但是糖對身體是不好的。或許有人會心想：「我沒有吃糖呀！」但是巧克力、冰淇淋都含有糖分，就連辣炒年糕、炸雞、披薩，這些好吃的食物當中也含有許多糖。只要吃了含糖的食物，心情就會先變好，然後變差，情緒也更加容易煩躁，注意力會下降。讓我們來看看為什麼會這樣吧？

《容易煩躁的小宇》

小宇每次來診療室時，都是滿臉怒氣。在問診的過程中，即使醫生溫柔的問話，他都沒有好好回答。看起來好像因為身體不舒服，可是，就連他來打預防針的時候，也是滿臉不安。

「你為什麼心情不好？是不是有誰讓你不開心

呢？」醫生親切的發問，小宇還是悶悶不樂。

「小宇，醫生在問你話。」小宇的媽媽提醒他，但小宇的表情卻越來越陰沉。

「這孩子經常煩躁，對任何事情都沒有熱情，常常不開心，也會鬧脾氣。」小宇的媽媽嘆了口

氣之後，繼續說：「他也會對同學們做出討人厭的事情，班導師已經好幾次提醒我要多注意了，我也很傷腦筋，我是不是應該讓他去接受諮詢？」

「媽媽，不要再說我了。」小宇聽到媽媽一直說自己的缺點，滿臉通紅，立刻表達他的不滿。

「那小宇你自己跟我說，你有好好吃飯嗎？」醫生問。

「我討厭吃飯。」

「那你喜歡吃什麼？」

「巧克力、冰淇淋、零食、可樂……」

小宇的媽媽憂心的說：「他喜歡吃甜食，一坐下來就可以吃掉好幾塊的巧克力。」

「原來如此，因為吃了太多甜食，成績才會變差。」因為醫生突然提到成績，小宇和媽媽都露出了

疑惑的表情。

醫生繼續說：「如果吃太多甜食，注意力就會下降，這樣一來，很難專心學習。不只是如此，情緒不穩定的話，也很難跟同學們維持友好關係，性格自然就會慢慢變得粗暴。」

小宇的媽媽雙眼睜得大大的，吞吞吐吐的問：

「那、那……這、這……該怎麼辦？」

「這並不難，只要少吃含糖的東西，像是巧克力、糖果、零食、冰淇淋、可樂等加工食品。你去超商時也不要買這些東西，家裡沒有這些食物時，就會少吃了。小宇，你做得到嗎？」

小宇雖然沒有回答醫生的問題，但是看起來正在認真思考。

吃糖讓人心情好？

去遊樂園玩耍時，會看到雲霄飛車，那是一種可以順著軌道升上空中，然後瞬間往下掉，讓你的腎上腺加速的遊樂器材。當我們吃很多甜食後，就像搭上雲霄飛車，心情會急速變好，感覺相當愉悅。可是不安、焦躁、煩躁也會尾隨而來，讓心情掉到谷底。

心情會變好的原因是零食、糖果、冰淇淋、巧克力、清涼飲品等，這些加工食品中放了許多糖。為什麼吃了糖之後，心情會變好？那是因為食物中的糖分通過血液傳輸之後，會提高血壓，當血壓變高之

後，就會產生「血清素」，血清素可以讓心情變好。

吃了糖之後，血壓快速變高，我們的身體為了降低血壓，就會急速的分泌出「胰島素」這種物質，這時候就會出現問題了。

原本慢慢變高的血壓，慢慢回到正常值並不會有什麼問題。可是吃了糖之後，血壓急速變高，體內就會一次性分泌出過多的「胰島素」，結果就是讓血壓變得比正常值更低。

我們的身體處於低血壓時是非常危險的，低血壓表示體內的燃料不足，身體機能有可能停止運作。於是，為了克服低血壓，身體就會製造出緊急狀態才會出現的激素，這種激素會讓心情變得不安、焦躁和具有攻擊性。

這時候，我們的身體為了安撫這種不安的情

緒，就會發出「想吃甜食」的信號。再次吃甜食的話，心情就會變好，時間過了之後，又會再次變差。這種情緒的變化就像在搭雲霄飛車，也讓我們不知不覺中吃了過多的甜食。

總是感冒的孩子們

「糖」是成人罹患高血壓、糖尿病、癌症的原因之一，對兒童來說，則會讓免疫細胞機能下降。

發生戰爭時，軍人們會衝到前線，去跟敵軍抗戰。我們體內出現不好的細菌時，叫做「白血球」的軍人就會出動去殺死壞的細菌。白血球就是免疫細胞，如果吃太多甜食的話，白血球的數量就會減少一半以上，剩餘的白血球則功能降低，當然也就無法殺死不好的細菌。結果就是會常常感冒、罹患肺炎、鼻

竇炎、鼻炎等疾病。

不只如此，吃了太多含糖的加工食品，就會不想吃飯。血壓因為吃糖的關係變高，讓我們的大腦誤認為身體所需的燃料已經充足了。於是就不會發出想要吃東西的信號，自然也就變得沒有食慾。

原本通過飯和蔬菜能攝取到的維他命、礦物質等營養，就會因為沒有按時吃正餐而導致免疫細胞的機能下降。

吃了糖，大約三十分鐘之後，就會馬上抑制免疫細胞機能的運作。而且這個效果還會維持長達五個小時。一天之內如果吃了好幾次甜食或加工食品的話，身體容易感冒也就不意外了。

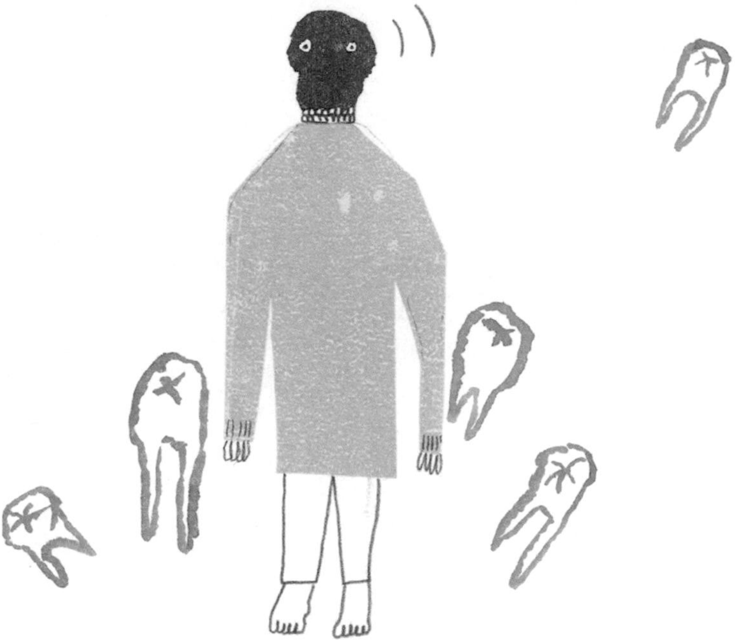

白血球機能下降

某家醫院針對糖和白血球的關係進行了實驗。讓人在吃一百克的糖之前，以及吃了糖之後，分別往血液中注入會引起發炎的葡萄球菌，再觀察白血球的反應。結果發現，吃糖之前，白血球平均可以殺死四十五個葡萄球菌，可是吃了糖之後，只能殺死七個。糖會讓白血球變得無用，因此也就提高了癌症發生的危險。

看不見的糖最可怕

你聽過當人們有壓力時，會非常想吃巧克力或巧克力派嗎？這是因為大腦記得曾經吃巧克力或巧克力派的甜味，所以會勾起人們想吃的慾望。我們平時在不知不覺中，吃了大量的糖，大腦已經被糖馴服了，才會更加渴望甜食。不吃的話，就會越來越不

安，也容易感到焦躁。不是只有抽菸和毒品才會「中毒」，糖也可能中毒，中毒之後就會給健康帶來嚴重的影響。

你可能覺得你沒有吃很多的糖，因為你沒有吃白色的糖，也不吃巧克力或糖果，但是無形中，我們其實還是吃了許多糖。

我們所喝的罐裝可樂中，含糖量約有七塊方糖

的量（三十五公克），而一瓶養樂多的含糖量約有三塊方糖（十五公克）。看起來沒有含糖的辣炒年糕、披薩、炸雞中，其實也含有許多糖，更何況披薩會搭配可樂享用。即使是吃幾塊零食，也很容易超過一天的糖分攝取量。

一天攝取糖的建議量是體重一公斤／〇點五公克。那麼，體重三十六公斤的小朋友一天吃十八公克的糖，是不是就剛剛好了？但是，我們真的只會吃剛剛好的糖嗎？在我們周圍的加工食品中，含糖量是相當驚人的。

現在你知道我們正在吃多少糖了吧？這麼多的糖進入我們體內之後，就會危害健康。

要知道，比起眼睛看得到的糖，那些隱藏起來的糖含量更為驚人。

冰淇淋的美味陷阱

美國的學校在提供牛奶時，據說許多地方都是提供低脂牛奶或脫脂牛奶。因為牛奶中所含的脂肪會引發各種疾病和肥胖，所以只提供低脂或脫脂牛奶。

那麼，製造低脂或脫脂牛奶時，從牛奶中提煉出來的牛奶脂肪（乳脂肪）就這樣丟棄了嗎？

這是不可能的，乳脂肪會被製作成奶油，用在冰淇淋或蛋糕上。那些極品冰淇淋或蛋糕的滑嫩口感，其實就是乳脂肪塊。

冰淇淋內也含有許多糖。因為冰淇淋這種冰冷食物即使加入糖，甜味也不夠，一定要加入許多糖，才能製作出有甜味的冰淇淋。平均一球（一百公克）的冰淇淋大約有四塊（二十公克）的方糖。

更何況，冰淇淋幾乎沒有天然材料，它使用化學製造出無數的色素。同時為了做出草莓、香草、巧克力等味道，會加入許多合成的香料。乳脂肪、糖、添加物混搭起來就是冰淇淋。這些對健康都沒有益處，最好少吃。

跟三一冰淇淋說再見

三一冰淇淋是世界有名的冰淇淋公司，這家公司有一位獨生子，他就是約翰・羅賓斯（John Robbins）。

約翰的叔父因為吃了許多冰淇淋，突然心臟麻痺過世，他因此受到極大的衝擊。當約翰知道含有許多乳脂肪和糖的冰淇淋，吃多了容易引發心臟病，他認為自己無法從事賣冰淇淋給全世界人們的這份工作。

當約翰年滿二十一歲時，就對他的父親說自己不會在三一冰淇淋工作。不只如此，他也不打算繼承父親的財產。人們問約翰：「為什麼要放棄財富和名譽？」，他回答說：「如果當時沒有離開公司的話，那現在的我肯定是一個健康出問題的胖子。」

約翰通過寫作《肉食，破壞健康和世界》、《食物革命》等書籍，對食用乳製品和肉食來維生的方式，提出自己的見解，他也成為暢銷作家和環境運動家。

約翰認為，比起當一家公司的經營者，過著富裕的生活，現在每天向人們宣導健康，這樣的人生，更加幸福。

第三章 速食有什麼問題嗎？

有些小朋友討厭吃正餐，他們總說不餓，隨便吃了幾口飯，就放下筷子了。可是提起漢堡、炸雞和披薩，他們可是來者不拒。而他們的媽媽認為有吃總比沒吃好，就會買炸雞、披薩，或是煮泡麵。常常吃這類速食的話，還不如餓肚子。

那麼，速食有什麼問題嗎？

《個子矮小的小婷》

「不吃飯但是有吃其他東西的話，總比餓肚子好吧？」

「常常這樣的話，很可能會影響發育！」

聽到醫生如此斬釘截鐵的回答，小婷的媽媽表情頓時變得沉重。

跟同齡的同學相比，十一歲的小婷身高比較矮小。為了能夠了解小婷的營養狀態，醫生幫她進行抽血檢查。檢查的結果顯示膽固醇過高，體脂肪也比肌肉量要多，這種身體狀態常常被稱為「瘦胖子」。

小婷的媽媽看到檢查結果，語氣有點無力的說：「小

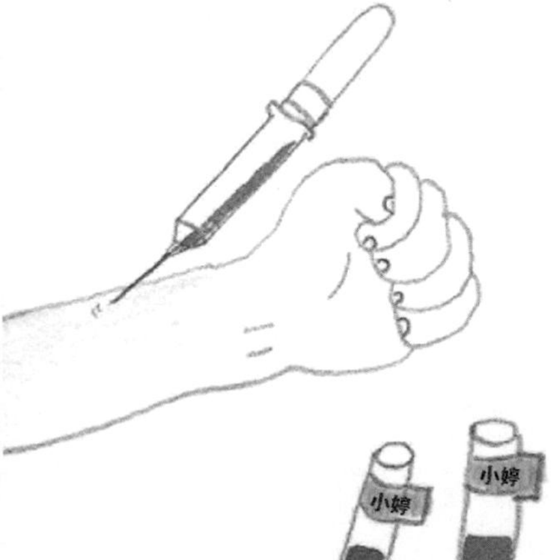

婷從小就很挑食，所以當她想吃泡麵、漢堡或披薩時，我都會讓她吃。甚至連零食和糖果也都放在她可以拿到的地方。因為我覺得她只要有吃點東西，總比餓著肚子好。」

坐在一旁的小婷低著頭，沒

有說話。

醫生問：「小婷，妳想要像電視機裡的大哥哥、大姊姊們，長得那樣高嗎？」

「我當然也想要長高。」小婷肯定的回答。

「妳平時常常吃泡麵或零食吧？」醫生問。

「我討厭吃飯，但泡麵跟零食倒是常常吃。」

小婷誠實的回答。

「原來如此。不過，小婷，聽完說明妳可能會嚇到，因為現在妳的血液裡有許多的膽固醇，如果膽固醇過高，妳的身體就會很危險。而且膽固醇過高的話，這樣下去，妳是無法長高的。」

「真的無法長高嗎？」小婷媽媽緊張的問。

「是的。當孩子不吃飯時，讓她餓著，總比吃泡麵或零食好。因為持續感到飢餓，產生空腹感，自然就會有想吃飯的慾望。小婷，妳聽清楚了嗎？」

小婷的雙眼閃著光芒，像是在思考什麼，沒有回答。

漢堡、披薩、炸雞的共同點

在爺爺奶奶的時代，他們小時候的點心是地瓜、馬鈴薯等，但是，如今的生活越來越西化，飲食文化也是。漢堡、披薩、炸雞成了最受歡迎的點心，這些食物也被稱為「速食」或「垃圾食物」，意思就是快速做出來的食物，以及像垃圾的食物。為什麼如此受歡迎的食物，名稱卻這麼可怕呢？

首先，它們的熱量非常高。一碗白飯的熱量約三百四十八大卡，可是一個漢堡的熱量約五百一十大卡，再搭配薯條和可樂一起吃，總熱量會超過七百大卡。大份的披薩即使切片，吃少一點，兩小片的熱量也有六百大卡。

吃這種食物的話，馬上就會超過建議攝取的熱量。那些無法被人體消化的剩餘熱量，會成為脂肪累積在體內，讓我們變得肥胖，也容易引發各種疾病。

第二，營養攝取失衡。這些「速食」的主要成分是蛋白質、脂肪、碳水化合物等，但維他命、纖維素非常少。營養過剩，加上又沒有補充好的營養成分，吃太多的話，就會肥胖，並

美食外送
漢堡
披薩
炸雞

且危害健康。

第三，口味重。常吃這種又甜又鹹，口感香脆的食物，慢慢就會習慣重口味。這樣一來，對媽媽平時煮的米飯、各種蔬菜，這些對身體有益的食物反而會感到索然無味，覺得太清淡，當然也就不會想吃。

泡麵為什麼「好吃」？

根據世界泡麵協會在二〇一五年的調查，韓國每人每年約吃七十三包的泡麵，日本人約四十四包，中國人約三十包，臺灣平均每人每年也吃下二十九包，都在前十名。

這麼好吃的泡麵有什麼問題？泡麵的「醬料」

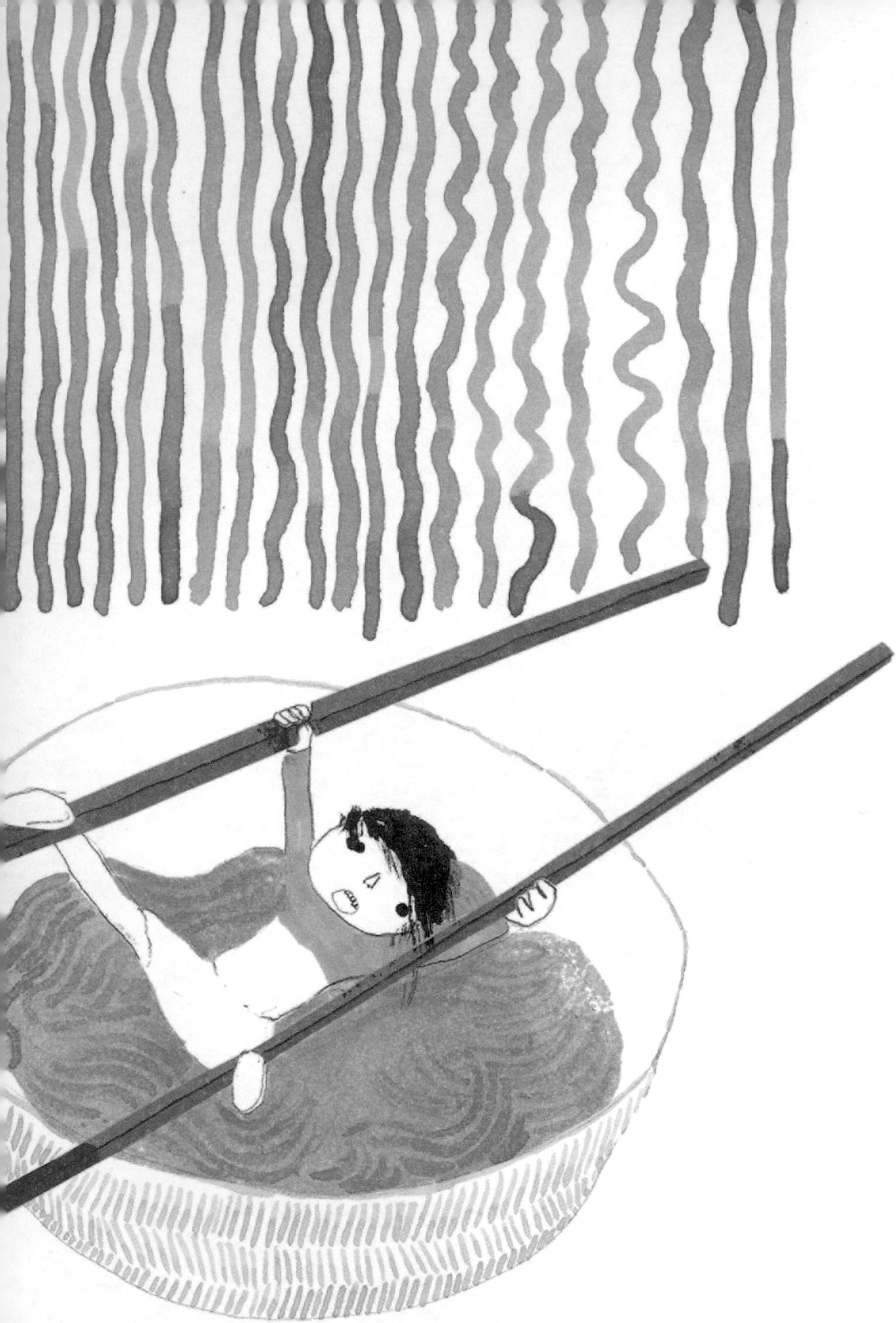

就是最大的問題。如果想要煮出跟泡麵一樣口味的湯頭，必須放入各種天然食材，再經過長時間熬煮，才可能煮出同樣的味道。可是泡麵只要加入熱水和一包醬料，等待幾分鐘之後，就可以做出這種味道，是不是很方便？那是因為加入了「食品添加物」。一般來

說，泡麵醬料中含有十至二十種不同類型的食品添加物。食品添加物會引發頭痛，也會影響注意力。

泡麵還有一個問題，就是它的味道很「鹹」。鹹味來自於鈉，成人一天的鈉攝取建議量是兩公克，可是一碗泡麵含鈉量就有兩至三公克。雖然鈉是人體需要的成分，可是過多的鈉會讓身體水腫、骨質疏鬆、腎臟受損，也會引發高血壓。

泡麵的麵條本身也有問題。麵條一般是由「棕櫚油」來炸，棕櫚油雖然是植物性油，可是它含有許多飽和脂肪。從小攝取過多飽和脂肪，有可能會罹患血管硬化、中風等疾病。因此為了正在成長發育的小孩著想，最好不要讓他們吃泡麵。

可怕的食品添加物

大家在餐廳有看過做得跟真實食物很像的模型吧？不論是哪種食物模型，都做得惟妙惟肖，以假亂真。當肚子餓的時候，看到這些模型就會更想吃了。這種食物模型欺騙了人們的眼睛，讓大家分不出真偽。

味覺也是如此。即使沒有使用炭火，還是可以做出燒烤的味道；即使沒有經過長時間熬煮，也可以做出濃郁湯頭的味道。這種魔法材料就是「食品添加物」。

食品添加物有很多，像是為了能夠長期保存的

炭烤味
防腐劑
草莓味
染色劑
脫色劑

防腐劑、製作出各種甜味的甜味劑、展現繽紛色彩的染色劑，以及製作出各種味道的調味料等，種類非常多。我們在超市或超商買到的加工食品，幾乎都含有食品添加物。零食、冰淇淋、泡麵等也都不例外。

食品添加物是通過各種化學方法製造出來的人工物質。因此，當我們吃下這些物質時，身體會認為它們是「毒素」，必須要透過「肝」和「腎」啟動解毒機制，才能將它們排出體外，這個過程很費力氣。

排毒過程中，更需要使用體內儲藏的維他命B、維他命C、鎂、鋅等許多維他命和礦物質。我們體內含有的維他命和礦物質可能本來就不足了，還要把它們用來排毒，當然就會降低免疫力，並且容易罹患各種疾病。

此外還可能引發過敏、噁心、頭痛等症狀，也會為肝或胃帶來障礙，嚴重時，甚至會導致癌症。

那麼，一天之內，吃到的食品添加物如果沒有超過許可量就沒問題了嗎？大家要明白一點，在制定許可量的基準時，並不是通過人體直接做實驗，而是通過動物。所以，就算沒有吃超過許可量，也無法保證人體百分之百沒有問題。同時，我們也不知道這些食品添加物之間，相互會產生哪些不好的影響。

讓人越喝越渴的可樂

我們的身體有百分之七十是由水組成，當體內的水分減少百分之一至二時，就會感到口渴，當水分缺乏百分之十以上，生命就會有危險。

體內調解水分的系統相當精密，當水分不足時，就會發出口渴信號，強迫我們去喝水。當水分充

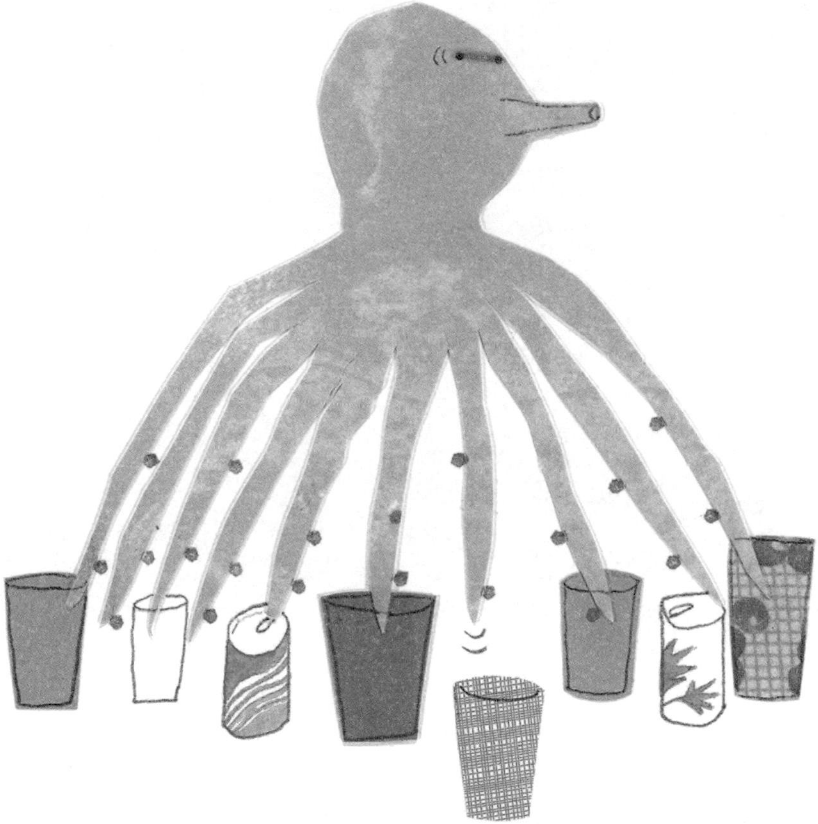

足時，就不會發出信號。因此，我們需要讓體內維持適量的水分。

然而，許多人在口渴時並不是喝水，而是喝可樂等清涼飲料，甚至沒有口渴時，也會因為喜歡可樂等清涼飲料的暢快感，養成常喝它們的習慣。

在可樂、汽水等這些清涼飲料內含有咖啡因，咖啡因會讓體內的水分變成尿液排出。因此，口渴的時候還去喝可樂，反而會感到更加口渴。

還有，這些飲料當中的磷酸鹽進入體內後會轉變成酸性，讓鹼性的鈣被強迫用來平衡它。骨頭的鈣從小慢慢被消耗掉的話，長大之後，就容易罹患骨質疏鬆症。

響應「慢食運動」

當社會變化越來越快，人們做菜的速度也越來越快，就連「吃」這回事也變快了。一旦人們習慣使用工廠製造出來的即食食品、罐頭、化學調味料等做菜，就會完全無視食物自身的美味和營養成分，只是單純的解決飢餓。

提倡「慢食運動」的人們會使用新鮮的食材、當季的蔬菜來做料理，需要調味時，也會使用天然調味料來提煉美味。想要吃到食物本身的味道，就要使用正確的食材和用心烹煮，並且心懷感恩、不浪費，好好的享用當季食材，就是慢食運動的開始。

比起那些從遙遠地方，通過飛機或乘船運送而來的食物，採用當地食材是優先選擇離自己比較近的地區所產出的食材，再加以烹飪、食用。像韓國無法生產柳橙，如果想吃的話，就必須從美國進口，食材要輪船運送，花費的時間就會比較長。

為了不讓柳橙在運送途中壞掉，就必須使用防腐劑，結果就不夠新鮮了。同時，為了不讓柳橙長出蟲，也會噴灑

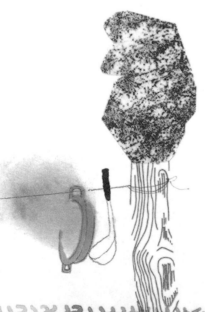

類似殺蟲劑的農藥，這些對人體健康都不可能是有益的。

而且，運輸水果的過程中，需要消耗許多燃料，也會影響節約能源。那麼，我們為什麼不選擇在當地出產，也對身體有益的新鮮食材呢？

第四章 對身體有益的食物

你曾經因為想要變苗條而餓肚子嗎？為了減肥，你一再忍耐，但滿腦子卻是食物，結果天天痛苦的忍耐，最後發現這種方法容易復胖。不要盲目的節食，要大量的攝取蔬菜水果，蔬果的熱量低，吃了不容易肥胖。它們含有大量的維他命、礦物質、植物性抗氧化劑、纖維素等。所以，從現在起，不要再吃對身體有害的食物了，我們要好好善待自己的身體，多吃對身體有益的食物。

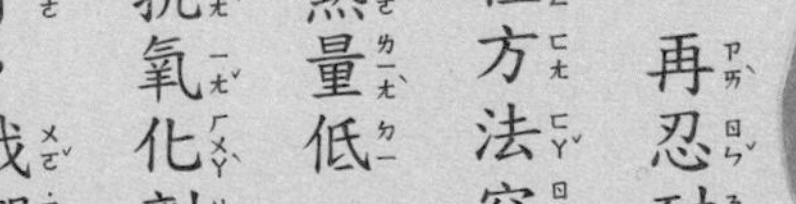

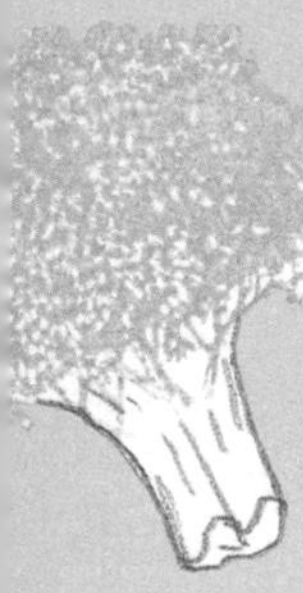

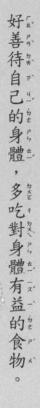

減肥的蓉蓉

六年級的蓉蓉被媽媽背到診療室，看到她的時候，醫生問：「蓉蓉是不是哪裡非常不舒服？」蓉蓉的媽媽擔心的說：「她說她的肚子很痛，痛到連雙腿都站不直，會不會是盲腸炎？」

醫生檢查之後，發現蓉蓉的腹部下面有硬塊，應該是便祕，開口問：「蓉蓉，妳今天有排便嗎？」
「還……還沒有。」小女生不好意思的說。
「那麼，上一次排便是什麼時候呢？」

「我想不起來了，應該是好幾天之前。」

「妳肚子痛的原因是因為便祕。」醫生說。

蓉蓉原本以為自己得了什麼大病，肚子才會這麼痛，沒想到是因為便祕？她滿臉漲紅，而蓉蓉的媽媽則露出安心的表情。

蓉蓉的媽媽解釋說：「這

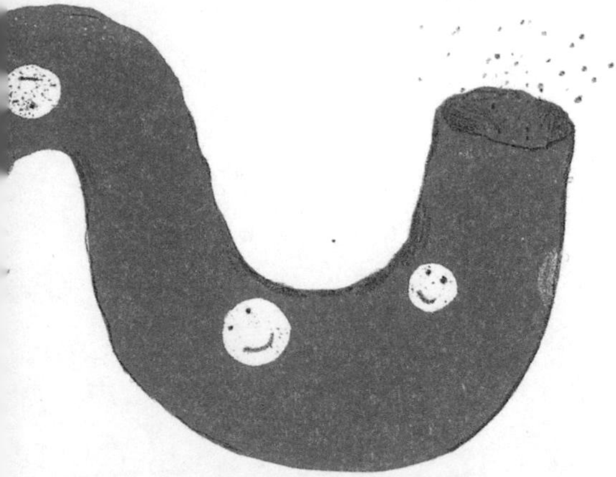

孩子很難排便……因為她正在減肥，所以吃很少。」

像蓉蓉這樣處於青春期的女學生們，有許多人都有便祕的問題。便祕有可能是大腸天生不太會蠕動而造成，也可能是因為減肥少吃而造成。減肥時吃的食物通常是沒有纖維素的蛋白質或碳水化合物，大腸的排便功能自然下降，排便的量也會減少。最後就會演變成即使有排便，也會感覺沒有排乾淨，上廁所變成很痛苦的事情。

「蓉蓉減肥時都會吃哪些食物呢？」醫生問。

「她都餓肚子，因為她覺得不吃是最快變瘦的方式。」媽媽說這話時，看著蓉蓉。

醫生說：「一直挨餓的話，身體不但會感覺沒有精神，也很難受吧？日常生活不方便，學習效果也不佳。更糟糕的是會產生溜溜球效應，你們有聽過嗎？」

「那是什麼？」

「經常餓肚子的話，身體會開始節約消耗能量。這樣一來，等到之後恢復正常飲食的時候，身體就會快速的儲存營養。也就是說，會快速回到原本的體重。甚至還會變得比之前更胖，這就是溜溜球效應。」醫生詳細的說明。

「唉！」蓉蓉嘆了口氣。想到自己痛苦的結

果，竟然是讓體重恢復，心情一下子消沉起來。

「所以妳不要為了減肥盲目的挨餓，一定要吃很多蔬果。這樣才不會餓肚子，不僅可以改善便祕，當然也能防止發生溜溜球效應。」

「好的，我會根據醫生的建議，這次一定可以減肥成功。」蓉蓉露出了燦爛的笑容。

匱乏的維他命和礦物質

當你看到「活在營養匱乏時代的現代人」這種新聞標題時，會不會點頭認同呢？你的內心可能在想，這不是三十至四十年前的事情嗎？但這個標題並沒有錯。相反的，如果你看到「活在營養過剩時代的現代人」這種新聞標題時，應該會馬上點頭認同吧！

為什麼這兩種標題都是正確的呢？

營養素可以分成宏量營養素和微量營養素。宏量營養素指的是碳水化合物、蛋白質和脂肪，而微量營養素是維他命、礦物質、植物性抗氧化劑等。我們每天吃的米飯、麵包、肉、以及各種的加工食品裡面，含有大量的宏量營養素。天天大量吃這些食物，我們就是活在「宏量營養素的過剩時代」。

蔬果中含有許多維他命、礦物質、植物性抗氧化劑。如果每天不能吃四至五次的蔬果，那就會活在「微量營養素匱乏的時代」了。宏量營養素和微量營養素都是身體必須攝取的營養素。

拆開鐘錶，可以看到裡頭的內部結構，會發現大齒輪和小齒輪彼此銜接。當齒輪互相協調運作順利時，鐘錶才能準確的顯示時間。我們的身體也是如此，宏量營養素就像是這個大齒輪，和許多種類的微量營養素代表的小齒輪要彼此銜接，才能夠維持我們身體的健康。

當維他命和礦物質不足時，即使大量攝取其他營養素也沒有用。如何均衡攝取營養素呢？可以用糙米代替白米，除了肉類，也要大量吃蔬菜水果。

天天吃適量堅果好處多

花生、核桃、杏仁、松果等堅果類含有大量幫助腦部開發的維他命A、維他命B、礦物質等。對處於成長期的小孩來說，非常有益，也可以預防老年人罹患癡呆。不僅如此，堅果中還有可以預防老化，抗氧化的維他命E。全家人一起吃堅果，真的是一件很棒的事呢！

蔬菜有豐富的營養

有許多小朋友吃飯時，完全不碰蔬菜，只吃肉、火腿和雞蛋。不管媽媽怎樣勸告或是發脾氣，這些小朋友說不吃就是不吃。如果不吃蔬菜的話，會變成什麼狀況呢？

蔬菜中含有豐富的纖維素、維他命、礦物質和

植物性抗氧化劑。如果從小不吃蔬菜的話，那麼鼻炎、氣喘、過敏性皮膚炎等各種過敏疾病就容易找上門。同時，因為身體的免疫力下降，還會常常感冒和頭痛。

人體這個系統非常卓越，即使欠缺纖維素、維他命、礦物質等，也可以長時間維持運作。因此，人並不會馬上感到不舒服，甚至覺得自己一直很健康。

但這就像是在看不見的杯子內倒水，直到水滿出來前，完全不知道水位在哪裡？我們的身體表面上看起來很健康，其實在成長的十至二十年間，正持續慢慢損壞中。等到身體出現症狀，很可能已經病入膏肓，難以恢復健康了。

這也是為什麼身體如果長期沒有被好好照顧，等到罹患高血壓、糖尿病之後，就要一輩子靠吃藥維持，現在大家明白為什麼一定要吃蔬菜了吧？

如果平常已經養成習慣以肉食為主，一下子要改變過來確實是不太可能。即使如此，也要努力的培養多吃蔬菜的習慣。千萬不要嘗試幾次之後，就馬上放棄。

纖維素的重要性

在電影中，未來的世界，汽車可以在天空跑，人們在家可以透過空中漂浮的螢幕工作。甚至還可以住

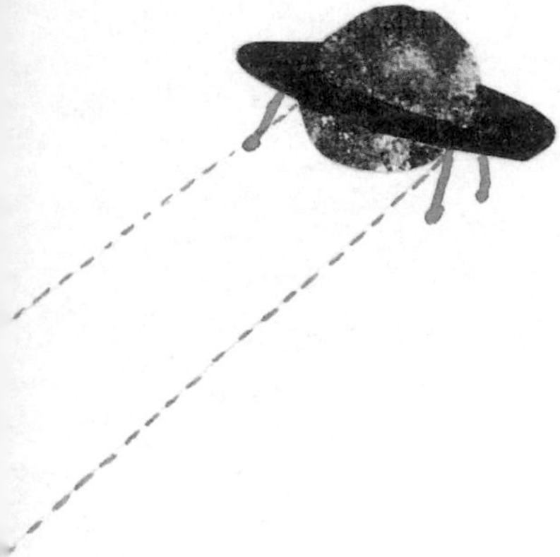

在外星球，大家想像中的未來又是怎樣呢？

小時候，我曾經閱讀過一本關於未來的書，書中描述未來的人們不吃飯，而是將營養素壓縮到膠囊之後食用。這是對於未來的想像，可是，如今我們依然還在吃飯，為什麼會這樣？那是因為不可能把所有人體需要的營養素壓縮到膠囊。

不只是營養素，「纖維素」在我們人體內也扮演非常重要的角色。纖維素不只可以預防便祕，也可以讓我們在吃飯後，長時間維持飽足感，進而預防肥胖。還可以抑制大腸產生有害的物質，進而預防大腸癌。減少血液中的膽固醇，進而預防心臟病、糖尿病等疾病。

哪些食物含有大量的纖維素呢？只要是吃的時候，需要大量咀嚼的植物性食品都含有纖維素。地瓜、馬鈴薯、蘋果、梨子等，這些需要咀嚼的食物都含有大量的纖維素。另外，沙拉或菠菜等，也含有許多纖維素。

那麼，麵包、麵條、年糕、白米飯也含有大量纖維素嗎？很可惜的，這些食物並沒有。麵包、麵條、年糕都是由白米和白麵粉製作而成的食物。

雖然米和小麥等穀物，跟蘋果、梨子一樣都是有外皮的植物。但是米和小麥的外皮看起來不好吃，並且咀嚼費力，一點也不美味。因

大豆是營養的食物

大豆中的「卵磷脂」可以為大腦提供營養，提高腦力。大豆中的「異黃酮」可以使皮膚變得光滑、維護骨頭、預防骨質疏鬆。同時大豆中的蛋白質對血管有保護效果，進而預防心臟病、糖尿病、高血壓等疾病。

此，食用之前都會先把外殼去除。可是，這樣也就失去了外殼裡面含有的維他命、無機物、纖維素。為了健康著想，最好是連外殼一起吃。例如可以常常吃糙米或十穀米，或是用全麥、黑麥麵粉做成的麵包。

愉快的吃水果

跟炸雞、漢堡、薯條等食物比起來，水果的熱量雖然不高，但也不能因為這樣，就吃過量的水果，還是要有所節制。再者，跟其他食品相比，水果富含維他命、礦物質、纖維素、植物性抗氧化劑等，所以在預防和治療疾病上扮演非常重要的角色。

草莓、西瓜、香蕉、葡萄、蘋果等各種水果的顏色和味道都不同。那是因為含有不同種類的維他命、礦物質、植物性抗氧化劑等。即使含有相同種類

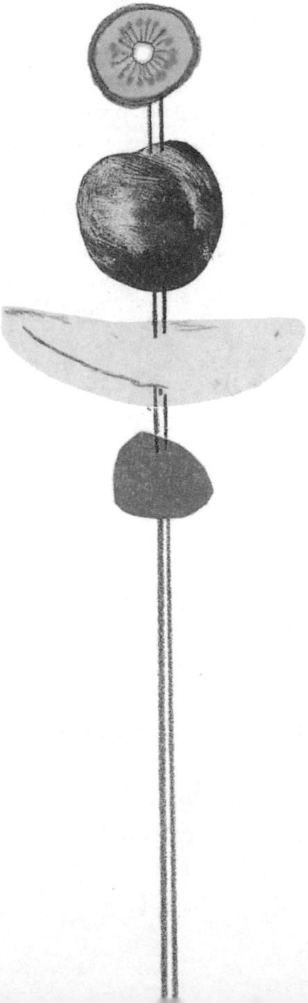

的營養成分，有些水果的含量高，有些水果的含量則較少。那麼，要如何攝取對健康好的水果呢？

首先，每天都要吃足夠分量的水果。

第二，不要只吃單一水果，而是均衡的吃各種水果，因為每種水果含有的營養成分不同。

第三，不要將水果榨成果汁，直接吃更好。榨成果汁的話，糖分會變高，纖維素會減少，而且營養成分也會被破壞。

第四，多吃當季水果。像是春天吃草莓，夏天吃西瓜，秋天吃蘋果，冬天吃橘子等。當季產出的水果比進口的水果或溫室種植的水果，含有更豐富的營養成分。

我想要長高

想要長高的話，請記住：

第一，通過運動來刺激正在成長的骨頭。跑步、跳躍等動作可以刺激到骨頭底部的生長板，進而促進身體長高，最好能夠規律的做這些運動。

第二，早睡和睡得好。褪黑激素在晚上十點到半夜兩點之間形成和分泌，而褪黑激素又跟成長有關，這個時間如果看電視或玩電動遊戲的話，就會影響到成長賀爾蒙順利分泌。

還有一點，睡前如果吃太多宵夜的話，也會影

響到睡眠品質，讓成長賀爾蒙無法分泌。結果就是原本可以長得更高，現在無法長那麼高了。

第三，不要變得太胖。肥胖的話，表示體內脂肪很多。脂肪內的毒性物質，加上由脂肪分泌出來的物質，會讓性賀爾蒙變多，而性賀爾蒙會抑制成長賀爾蒙的分泌。進入青春期之前，就出現性特徵的話，會減緩長高的速度。

有人問，小朋友是不是吃很多肉，或喝很多牛奶就可以長高？的確，肉和牛奶裡面的動物性蛋白質可以幫助成長，但也會加快老化。

西方人的飲食習慣，肉吃得很多，東方人相較之下，沒有那麼多，所以西方人看起來比東方人老了五到十歲左右。建議通過大豆或蔬菜的植物性蛋白質來補充一天需要的量，可能會更好。

第五章　良好的心理健康

不只是癌症，

所有疾病的原因都跟壓力有關。

而且不只成人有很大的壓力，

小朋友也會因為學習、交友感到壓力。

如果持續累積壓力的話，會變得怎麼樣？

有沒有方法可以適度減緩壓力呢？

小健是遊戲王？

在醫院等候區等待問診的時候，有許多的小朋友會用手機玩線上遊戲。就算玩得很愉快，輪到自己時，大部分的人都會停止。可是輪到十二歲的小健時，他還停不下來。

「小健，現在我們要看醫生了，先把手機放在旁邊。」小健的媽媽說。

「沒關係！我可以邊玩邊做其他的事。」

「你身體已經不舒服了，還要整天玩遊戲嗎？」

小健的媽媽說著，就把小健的手機拿了下來。

醫生問：「小健，遊戲很有趣吧？你最喜歡的遊戲是哪一個？」

「我最喜歡的是……」醫生一提起跟遊戲有關的問題，小健的雙眼馬上發亮，並且非常興奮的回答，精神看起來非常好。

醫生問：「小健的媽媽，小健一天會玩幾個小時的遊戲？」

「他隨時隨地都在玩，有時候用手機玩，有時候用電腦玩，甚至玩到忘記吃飯，如果他學習也這樣認真的話，該有多好。」小健媽媽說。

「小健，我建議你必須減少玩遊戲的時間。」

醫生說。

「不要！我想要成為遊戲專業玩家！」

「就算你想成為遊戲專業玩家，但長時間玩遊戲的話，對精神和健康都不好。而且長時間玩遊戲也會讓頭腦變差，如果你只玩遊戲的話，就會無法好好學習。」

小健小聲的說：「我知道玩遊戲不好，但是實在太有趣了，我停不下來。」

「要一下子完全不玩實在太難了，你可以先慢慢的減少時間，心靈的痛苦比身體的痛苦更難治療。」

小健低頭不語，似乎正在思索醫生的話。

電玩遊戲的後遺症

有時候會看到一些新聞報導，人們採取電玩中的方式傷害同學。這些人如果越來越習慣戰爭遊戲或武術遊戲的虛擬世界，就越有可能跟真實世界混淆，於是做出像遊戲中打打殺殺的行為。自己的性格在不知不覺中也會變得暴力，具有攻擊性，而他們本身可能還不以為意。

常常打電玩的話容易沉迷，無法自拔，即使反覆提醒自己「再玩一下下就好」，也無法停下來。結果就會變成好幾個小時都在打電玩，根本無法好好學習或做其他日常的事情。

不只如此，當孩子被禁止打電玩時，還可能會煩躁，坐立不安，失去自我調節情緒的能力。

因為電玩的虛擬世界實在是太有趣了，慢慢的，就會對真實世界的朋友、學習、以及家人失去興趣。

這樣持續下去的話，會跟學校生活和社會生活脫節，在不知不覺中變成了社

可怕的尼古丁中毒

香煙裡有很多有害的成分，最具代表的就是「尼古丁」，尼古丁會影響神經系統，讓人感到紓壓和安穩。一旦尼古丁中毒之後，我們的身體就會開始依賴它，當體內的尼古丁消失，就會出現不安、焦躁、噁心等症狀。

會邊緣人。

如同身體吃了不好的食物之後會危害健康，過度打電玩也會受到嚴重影響。最好是不要打電玩，如果真的做不到的話，至少要限制固定打電玩的時間。可以跟朋友們從事戶外的運動，像是籃球、游泳、跆拳道等，盡量幫助小朋友遠離電玩。

龐大的壓力

大家放學後，會跟朋友們一起玩，然後回家跟家人分享當天發生的有趣事情，再好好休息嗎？最近的學生每天過得相當忙碌，放學後根本沒時間和朋友們玩。因為馬上就要去上英語補習班、數學補習班等，回家還要忙著寫補習班的作業和學校作業。

大人們總是說要好好學習，考上好大學，認為只有進入好大學才能找到好工作，這樣才能夠過上幸福快樂的生活。

可是，並不是每個人都擅長學習，只要有全校第一名，就會有全校最後一名。即使很會讀書也可能過得不幸福，相反的，不擅長學習的人，也可能過得很幸福。

幸福並不是由考試的成績排名來決定，不擅長學習的人也可以找到其他自己喜歡的事情，也可以跟其他人維持友好關係，幸福的過生活。因此，不要因為學習累積過多的壓力，過度的壓力會影響健康。我們必須明白，心理健康和生理健康同等重要，都必須好好的照顧。

每個人減輕壓力的方法不同，像是深呼吸，或是到戶外呼吸新鮮空氣都是很好的方法，騎腳踏車或是彈鋼琴也不錯，也可以跟心靈相通的朋友聊聊天。不管使用哪種方法，只要可以減少壓力，讓內心感到舒坦就是好的方法。

最重要的是「自己珍惜自己」，想想看，如果連你自己都不愛自己的話，別人也不可能愛護你。

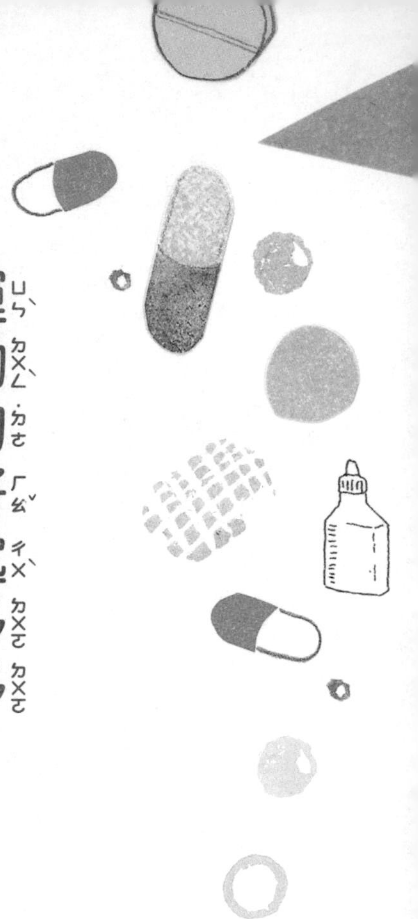

運動的好處多多

隨著醫學發展，疾病可以獲得很好的治療及控制，生活環境也比以前好多了。可是為什麼心臟病、高血壓、糖尿病、過敏性疾病的患者卻越來越多呢？

其中之一的原因是「不良的飲食習慣」，另外一個原因是我們太少運動了。

以前的人們為了買食物、跟人見面、去其它地方，都必須「動起來」。自古以來，人類就是這樣

過生活，所以我們的身體已經形成「必須要活動，才能獲得健康」的機制。

可是，隨著交通工具和文明的高度發展，即使要去很近的距離，人們也會開車，上樓會選擇搭電梯，在家的話，則是用一根手指就可以通過遙控器或手機來完成許多事情。

於是我們體內的營養成分無法被消耗，持續累積下去就會導致肥胖，造成現代人容易罹患各種疾病。所以想要變得健康，就要持續做運動。

如果忙著去補習班，或是覺得天氣太冷、太麻煩，而一直待在家裡不動的話，運動當然不足。這樣一來，手腳的肌肉就會鬆垮、退化，小腹突出。當我們對自己的外表，越來越沒自信時，性格也容易變得憂鬱。

睡覺對身體很重要

半夜還在看電視或玩遊戲的話，原本應該被儲存的能量會被消耗，隔天就會感到疲累。同時，體內沒有好好排出毒素，無法淨化，就會降低免疫力。根據調查，輪值上晚班的警衛和護士比較容易出現腸胃不適、肌肉痠痛等文明病。

運動會刺激大腦分泌腦內啡、多巴胺等賀爾蒙，讓心情變得愉悅。運動還可以加強身體器官和細胞的機能，幫助預防疾病。同時可以消耗過剩的熱量遠離肥胖，幫助身體排出毒素。想要維持健康的身體和心靈，運動的效果遠大於飲食或保健食品。

好的關係是健康的開始

比起互相競爭，人類在彼此合作時，可以發揮更大的能力。一個人很難做到的事情，好幾個人一起想辦法解決，就能夠找出更好的解決方案。人類的文化也是通過這種方式發展出來。所謂好的關係並不是激烈的競爭，而是彼此協助的關係。

在生活中，我們會與許多人建立關係，當關係很難維持時，我們就會漸漸產生不愉快的壓力。為了維持良好的關係，好好理解自己和他人是很重要的。如果總是認為自己是正確的話，就無法維持好的關係。

另類「中毒」

你曾經因為體重苦惱過嗎？現在的人們喜歡苗條的身材，而每個時期和不同國家對於美的標準都不同。在以前食物貴重的時代，人們喜歡胖嘟嘟的身材。因為胖嘟嘟是富裕和高貴的象徵，像是現在非洲的女性還是喜歡讓自己吃胖一點。認為骨感身材好看，主要是來自西方國家的審美標準。

雖然肥胖到危害健康確實不好，可是，如果屬於正常體重，卻對自己的身體感到不滿意，常常刻意

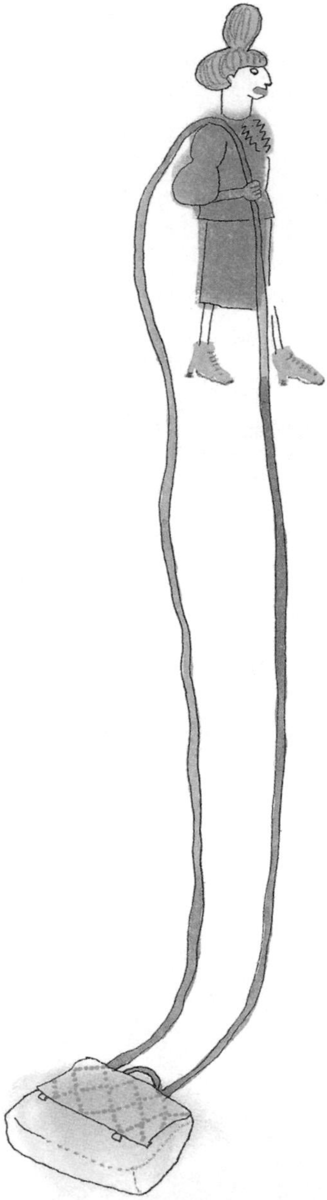

的減肥，這樣子反而是本末倒置。

還有一種人的情況跟熱衷減肥很像，他們想要擁有許多東西，越是對物品執著的人，他們的自信心越低。對自己外貌沒有自信的人，當然需要包裝自己的物品了。

許多成年人執著於自己擁有多少個名牌包包，其實這些物質商品就只是物質商品，跟擁有者的人品或才能完全沒有關係。

我們花那麼多的時間和金錢來裝扮自己，還不如多花心思照顧健康的身體和心靈。當我們感覺自己的身體和心靈很美的時候，就不會如此在意無關緊要的事情了。

第六章 大家都健康的世界

有些國家因為肥胖的問題、以及廚餘的問題大傷腦筋，有些國家因為沒有食物而讓孩童餓死。有些人即使沒有生病，也會因為想變美而去醫院；有些人即使生病了，也無法去醫院接受治療。有些孩子因為討厭學習，所以在外面亂逛，有些孩子在黑暗的工作場所工作時，發生事故傷亡。這個世界為什麼如此不公平？如果要打造讓所有人都健康的世界，應該要怎麼做呢？

討厭營養午餐的小伊

診所快要關門的時候，小伊臉上露出沉重的表情，跟著媽媽走了進來。小伊已經六年級了，還是常常因為感冒、腸胃炎、消化不良等問題來看醫生。

醫生親切的問：「小伊，今天哪裡不舒

服呢？」

「我的肚子很脹，很不舒服，可能是中午吃的食物沒有消化。」小伊說。

醫生又問：「你的午餐吃了什麼呢？」

「只吃學校的營養午餐，然後就沒有再吃其他東西。」

「那一定很好吃，今天有什麼配菜呢？」醫生試著跟小伊聊天，緩和她的情緒，小伊聽到反應激動的說：「醫生，你說學校的營養午餐很好吃？天哪，根本一點都不好

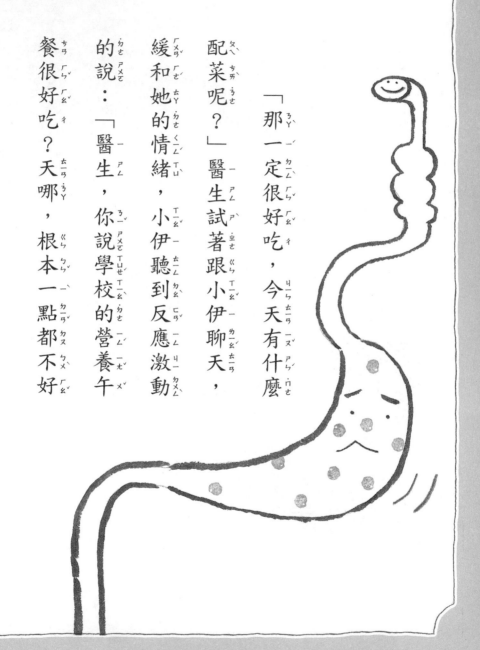

吃，我每次吃完都覺得要吐了。」

「現在的營養午餐不是都做得很美味嗎？我的小孩還說他因為想吃學校的營養午餐，每天都很開心的去上學呢！」

「我們學校的營養午餐真

的一點都不好吃。」小伊一邊嘆氣一邊說。

「我總是最後一個才吃完，我最討厭每次班導師在營養午餐結束後，還會檢查我們的餐盤。」接著小伊皺著眉頭說。

醫生用聽診器聽了一下，發現小伊的胃幾乎沒有在運作，看起來是根本沒有消化。

「記得小時候我們是要自己帶便當，不但要吃冷冷的飯，配菜也無法天天變化。現在學校的營養午餐都有熱騰騰的飯，為了均衡營養，還有各種的配菜，真的好棒。」醫生羨慕的回應。

「唉！那些都是我討厭吃的蔬菜和海鮮，沒有炸雞塊，還規定不能剩下，必須全部吃完，我吃得很痛苦。」小伊平時嚴重挑食，只吃自己喜歡的食物，對於吃學校提供的營養午餐才會倍感壓力。

「小伊，有句話是這樣說的：比起好藥，好好吃飯更好。比起好的食物，抱持善良的心對健康更好。你知道是什麼意思嗎？」

小伊露出了不理解的表情。

醫生繼續說：「在非洲或東南亞，有很多小孩因為貧窮而必須常常挨餓，甚至有人因為營養失調而死亡。我們真的要保持感恩的心吃這些食物，你的肚子脹脹的，有點消化不良，看起來應該是因為吃了討厭的食物，產生的壓力和不安所造成的。面對相同的食物，如果用感恩的心去吃，就會成為好的營養成分，讓我們的身體變得更好。反之，如果強迫自己去吃的話，食物就會變成毒素。」

小伊聽了醫生的話，似懂非懂。

挨餓的人口

偶爾會聽到小孩說「我不要吃飯」這種話，有可能真的因為肚子太飽了，所以不想吃飯。也有可能有事情想跟父母談條件，而故意說不吃飯。因為很多父母會用給予獎勵的方式說：「如果你乖乖吃飯，等一下就可以吃布丁。」或是「你把飯吃完的話，我就讓你打電動。」這麼一來，對於孩子們來說，「我不要吃飯」這句話就成為跟父母談條件的工具。

大家可能偶爾會在電視上看到非洲有些地方的孩子們，瘦到不成人形，而我們可以無憂無慮的享用三餐，甚至還會吵著沒有肉或好吃的配菜。但地球另一邊的小孩卻過著食物匱乏的生活。他們因為常挨餓，所以沒有力氣活動，無法正常長高。同時免疫力也會下降，容易生病，結果不是死亡就是身體受損。這些國家為什麼會食物不足呢？

食物不足的國家通常是因為政治不穩定，政府沒有足夠的金錢可以從國外進口食物。同時也因為跟鄰國之間的戰爭頻繁，無法穩定種植在地的農產品，食物自然不足。

除了戰爭這個大問題之外，那些國家也經常發

生天災。大家有聽過木材公司大肆開墾樹木之後，森林逐漸消失的故事吧？這也造成常常發生洪水或乾旱等天災。當土地慢慢變成沙漠，當然就不可能種植農產品。

基於上面的原因，世界上有許多人因為沒有食物導致營養失調而死亡。

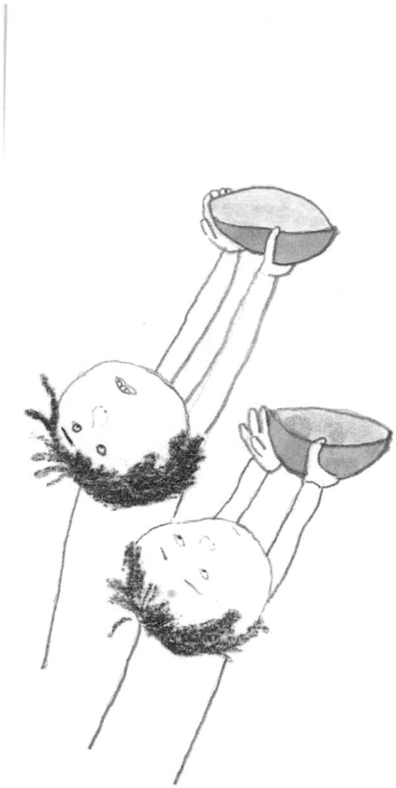

飼養家畜導致人類挨餓？

地球可以生產的糧食足夠一百二十億人吃。現今世界上的人口有七十億人，照理來說糧食是充裕的，但為什麼還是有十億人口挨餓和營養不良呢？原因是用來耕作糧食的土地被拿來種植餵養家畜的飼料。

不能上學，每天工作的小孩

有些國家因為食物過剩擔心國民肥胖。有的地方卻因為食物嚴重缺乏，人們連一餐飯也無法好好吃，常常必須忍受飢餓。

還有一件事情也非常令人痛心，那就是有許多小孩為了幫助生病的父母或幼小的弟妹，需要維持生計，不得不去工作。他們不可能去學校，也不可能跟朋友們玩，每天都要工作十二個小時以上。

尼泊爾的地毯工廠裡面，從四歲到十四歲的孩子們都在工作。這些孩子們吃不好，營養失調，同時必須在極小的空間內，長時間用相同的姿勢工作，導

致身體畸形。因為工作環境沒有通風設備，總是充滿灰塵，這也讓孩子們罹患了呼吸道疾病，甚至常常發生被尖銳工具刺傷的事件。印度少女蘇尼雅從五歲開始修補足球，當她七歲的時候，就因為氨的毒性而失去了視力。

在農場工作的孩子們會接觸到農藥，也會被有毒性的蟲子叮咬。在建築工地工作的孩子們，需要長時間背著沉重的東西，往往也會影響身體的成長。

雇主們利用沒有資源的弱勢孩子，他們無法主張自己的權利，隨便叫小孩工作，其實是違法的行為。這些孩子被要求長時間，而且是在沒有安全措施的保護下，從事危險工作，當孩子們受傷，或是得了疾病，雇主們也不會提供適當的治療，只會馬上把他們趕走。

如果我們能用合理的價格，採買通過公正方式所生產的足球、地毯、巧克力等商品，那麼在那些地方工作的人們，就有可能擺脫極端貧苦的生活，孩子們也可以去上學。

當這些商品貼上代表公正貿易的標籤時，即使販售的價格會貴一點，我們還是應該支持這種讓大家都能夠更健康的消費。

「不平等」的健康

　　大家有一點不舒服，就會去醫院接受治療，也可以打疫苗。可是，並非所有人都有去醫院接受治療的機會。事實上，在全世界可以享受這種福利的人並不多。

　　非洲或東南亞等國民所得較低的國家，不只醫療設備不足，醫生或護士等醫療人員也嚴重不足，而且無法購買符合症狀的藥品。還有，他們只有大城市內有醫院，如果是住在鄉下的人，必須要搭很久的車才能進城看病。加上醫療費用很高，如果只是一點點不舒服，根本不會去看醫生，都是等到病情已經很嚴重，可能危害到生命時，才會去醫院接受治療。許多令人惋惜的案例，都是錯過了最佳治療的黃金時期，如果能夠早點就醫的話，或許就可以復原。

只要身而為人，不論是誰在生病時，都必須能夠接受治療，這種無法治療的現象就是「健康不平等」。

一般的小孩子只要打疫苗的話，就可以避免得到麻疹、瘧疾、肺炎等傳染病。可是窮苦國家的小孩們，常常因為無法擁有這種基本的醫療福利而死亡。

還有水管設備不好的話，就會佈滿寄生蟲或病菌。當人們喝了水庫或水井的水之後，就會得到傳染病，這些傳染病通過老式的廁所會傳播得更快。

其實，只要稍微注意衛

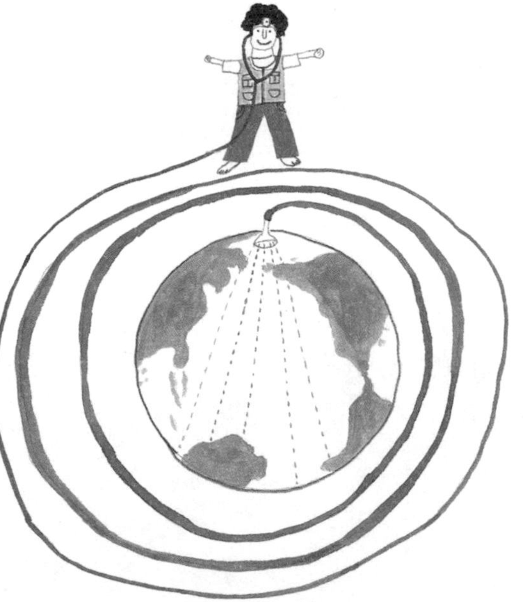

生，就可以減少傳染病的發生，可惜這些國家的人因為衛生教育資源不足，才會容易得到傳染病。

有些民間救助團體長期關心醫藥資源的議題，因為有很多貧苦而無法好好就醫的國家。無國界醫療協會也一直為那些因戰爭、內亂、傳染病、天災等原因而深受痛苦的人們提供醫療公益服務，許多人正在努力創造出大家都能夠公平接受治療的世界。

「喜鵲柿子」帶來分享的幸福

Well-being這個英文單字的意思是「更好的人生」或「更棒的人生」。那麼，能夠吃沒有使用農藥或化學肥料的有機食品，然後在愉快乾淨的空間生存，同時為了健康運動……只是維持這樣的生活習慣，只有「我」活得長壽健康，就可以了嗎？

當然「我」自己活得健康是很基本的事情，但是這個世界並非只有「我」一個人。不是自己吃好和過得健康就可以了，而是所有人都能夠吃得好、過得好，才是社會的Well-being。

當「我」正在吃美味食物時，要想到在這個世界的某個地方有孩子正在餓肚子；當「我」想要消暑而打開冷氣時，要想到臭氧層正在一點一滴的被破壞；「我」想要輕鬆搭車時，要想到空氣正在被污染；「我」的幸福很重要，但是應該還要思考全世界的人們，如何讓大家一起幸福。

小時候，放假時我常去外公外婆家，看到柿子樹上高掛著柿子，沒有人去摘來吃。那時候的我以為是那些柿子長得太高，所以摘不到，後來才知道那其實是「喜鵲柿子」。因為喜鵲或麻雀在冬天覓食不容

易，所以外公外婆為了讓牠們不會挨餓，特意把果實留下來給牠們過冬。

大家擁有多少東西呢？是不是還是覺得不夠，想要擁有更多呢？如果能跟他人分享的話，可以發現分享的人生會帶來更多的幸福。

編織新生兒的帽子

在非洲，白天的溫度很高，日夜溫差極大，新生兒的免疫力低，所以常常會在晚上因為肺炎或失溫而死亡。失溫指的是無法維持正常

體溫的情況，通常核心溫度在攝氏三十五度以下的話，就是失溫。

如果讓新生兒戴上毛帽的話，就可以提高兩度的體溫，進而降低新生兒百分之七十的死亡率。因此，全世界許多人們直接編織帽子

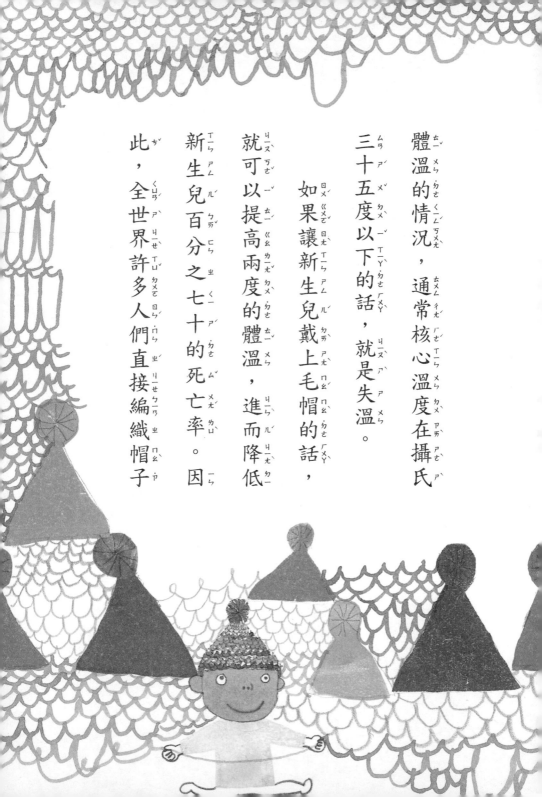

寄給非洲的新生兒。

韓國在二〇〇七年開始參加救助兒童會（Save the Children）。每年都有許多人參加編織毛帽的活動。人們用心編織出來的小帽子可以解救非洲弱小的生命，自己也會感到非常幸福。

不會編織的人也可以幫助這些孩子，像是可以購買藥品，也可以寄送新生兒需要的保溫毛毯，或預防瘧疾的蚊帳。

在這個世界上，有許多溫暖的人們為了解救孩子的生命，用心準備他們需要的禮物。

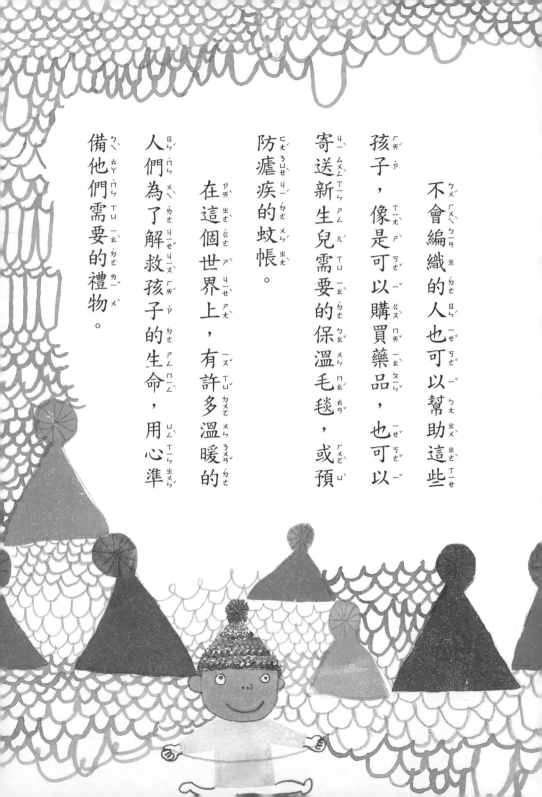

知識館002

改變孩子未來的思考閱讀系列1

小學生的健康生活教室

어린이행복수업–왜맛있는건다나쁠까?

作者　吳世硯
繪者　金眞華
譯者　劉小妮
語文審訂　張銀盛（臺灣師大國文碩士）
責任編輯　陳彩蘋
封面設計　張天薪
內文排版　李京蓉
童書行銷　張惠屏・侯宜廷・林佩琪

出版發行　采實文化事業股份有限公司
業務發行　張世明・林踏欣・林坤蓉・王貞玉
國際版權　鄒欣穎・施維真
印務採購　曾玉霞・謝素琴
會計行政　許俽瑀・李韶婉・張婕莛
法律顧問　第一國際法律事務所　余淑杏律師
電子信箱　acme@acmebook.com.tw
采實官網　www.acmebook.com.tw
采實臉書　www.facebook.com/acmebook01
采實童書粉絲團　https://www.facebook.com/acmestory/

ISBN　978-626-349-116-8
定價　350元
初版一刷　2023年2月
劃撥帳號　50148859
劃撥戶名　采實文化事業股份有限公司
104 台北市中山區南京東路二段 95號 9樓
電話：02-2511-9798　傳真：02-2571-3298

國家圖書館出版品預行編目(CIP)資料

小學生的健康生活教室/吳世硯作；金眞華繪；劉小妮譯. -- 初版. -- 臺北市：采實文化事業股份有限公司, 2023.02
面；　公分. -- (知識館；2)(改變孩子未來的思考閱讀系列；1)
譯自：어린이 행복 수업–왜 맛있는 건 다 나쁠까?
ISBN 978-626-349-116-8(平裝)

1.CST: 衛生教育 2.CST: 初等教育

523.33　　111019356

線上讀者回函

立即掃描 QR Code 或輸入下方網址，連結采實文化線上讀者回函，未來會不定期寄送書訊、活動消息，並有機會免費參加抽獎活動。

https://bit.ly/37oKZEa

采實出版集團
ACME PUBLISHING GROUP